NW

MIRA Y LA PIEDRA

¡Ju ga ga ju ga ga ju ju ju!

For Frances and Sher Lilly
—M. L.

Mira y la piedra está basado en *La tortuga que burló al hombre* del libro "Mitos de tortugas del Amazonas" por Fred Hartt. Río de Janeiro William Scully, 1875.

Esta es una historia de los indios kulina del Brasil.

Library of Congress Cataloging-in-Publication Data

Lilly, Melinda.
    [Mira and the stone tortoise. Spanish]
    Mira y la piedra / recreado por Melinda Lilly; ilustrado por Charles   Reasoner.
       p. cm.—(Cuentos y mitos de América Latina)
    Summary: After befriending a clever tortoise while lost in the Brazilian rain forest, a young Kulina girl helps it keep from
becoming her father's dinner.
    ISBN 1-58952-191-9
    1.Culina Indians—Folklore. 2. Tales—Brazil.[1. Culina Indians—Folklore. 2. Indians of South America—Brazil—Folklore.
3. Folklore—Brazil.] I. Reasoner, Charles, ill. II. Title II. III. Series: Lilly, Melinda. Latin American tales and myths.

F2520.1.C84 L55182001
398.2089'9839—dc21   2001042660

pbk 1-58952-078-5
Printed in the USA

Cuentos y mitos de América Latina

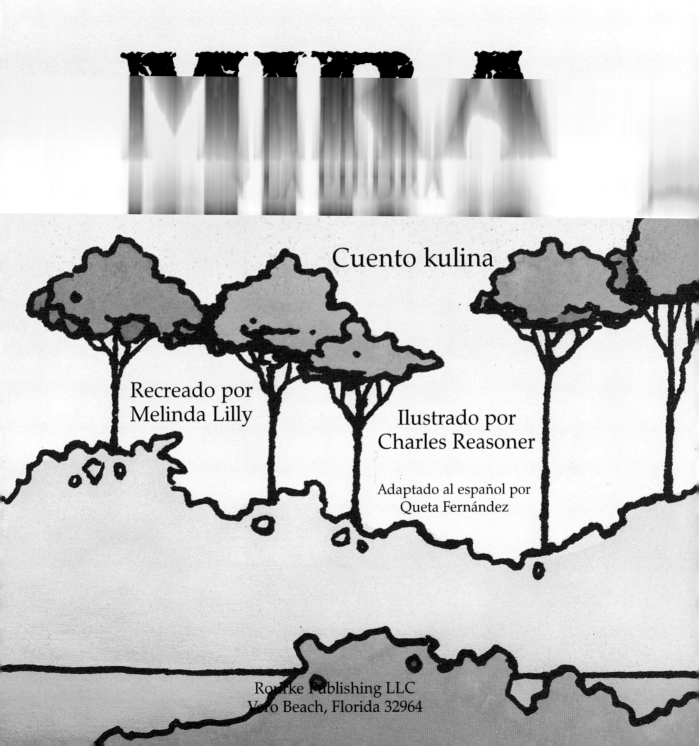

KURA

Cuento kulina

Recreado por
Melinda Lilly

Ilustrado por
Charles Reasoner

Adaptado al español por
Queta Fernández

Rourke Publishing LLC
Vero Beach, Florida 32964

Una tarde, Mira caminaba detrás de sus hermanos por la selva húmeda. Se dirigían al río en busca de peces. Mira se salía del camino para disfrutar del espléndido día. Unas veces para observar una bella mariposa y otras para tocar los perfectos pétalos de una orquídea. Se quedó rezagada para imitar el canto de un mono, mientras tamborileaba en su cesta: "¡Ju ga ga ju ga ga ju ju ju!"

Escuchó un canto que parecía salir del mismísimo corazón de la selva y se paró a escuchar.

> Soy un mono aullador, ¿y vos?
> ¡Dame un zapote maduro o dos!
> Soy un mono aullador, ¿y vos?
> ¡Dame un zapote maduro o dos!

El canto se repetía una y otra vez.

Sin acordarse de sus hermanos de la pesca, Mira se alejó del camino. Saltó sobre piedras fangosas, raíces de awa resbalosas y sobre hileras de hani, hormigas devoradoras de hojas. Pronto se vio al pie de un árbol de zapote repleto de frutas y de monos aulladores.

Soy un mono aullador, ¿y vos?
¡Dame un zapote maduro o dos!

La voz salía de un arbusto al pie del zapotero. Mira buscó, pero no vio a nadie. Sólo escuchó una voz que le advertía:

¡Canto, aúllo y grito otra vez,
hasta que una fruta madura me des!

"Ju ga ga ju ga ga… ¡Para de cantar!" gritó un mono aullador. A Mira casi no le dio tiempo a esquivar una lluvia de frutas. ¡Paf, paf, paf! El arbusto quedó cubierto de zumo y zapotes destrozados.

"Ga ga ju ju, je je.
¡Te pillé!"

Los monos aulladores se rieron a más no

—¡Sabía que no eras un mono aullador! —dijo Mira con aire de triunfo— ¿Sabes cómo aulla un mono? Pues así: ¡Ju ga ga ju ga ga ju ju ju!

—¡Calla! ¡Lo vas a echar todo a perder! —y diciendo esto se llevó otra fruta a la boca y masticó ruidosamente.

—No seas maleducada —le dijo Mira—. Ni siquiera me has brindado.

Tortuga, con la boca llena y sin dejar de masticar le dijo a Mira que había suficiente para las dos.

—¡Come cuanto quieras!

Mira se dio cuenta de que había pasado mucho tiempo. Estaba anocheciendo y no sabía cómo regresar.

—Me he perdido —dijo— y mi familia se va a preocupar. Ya me deben estar buscando.

—Yo puedo ayudarte a llegar a tu casa —le ofreció Tortuga— si me enseñas a aullar como un mono.

—Trato hecho —dijo Mira—. Pero necesitarás practicar mucho.

Mira se echó a Tortuga a la espalda y mientras aullaban una y otra vez se dirigieron al río. ¡Ju ga ga ju ga ga ju ju ju!

Pronto escucharon las voces de los hermanos de Mira: "¡Miiiira! ¡Mira! ¿Dónde estás?"

Tortuga miró a Mira preocupada.

—No quiero ser la cena de esta noche. Ve con tu familia, yo me quedo aquí.

—Gracias por enseñarme el camino —le dijo Mira, bajito, mientras la dejaba debajo de un arbusto—. ¿Nos veremos de nuevo?

—¡Ju ju ga ga, quizá! —le contestó Tortuga.

—¡Aquííí! ¡Ju ga ga ju ga ga ju ju! ¡Aquí estoy! —Mira corrió hacia sus hermanos—. ¡No me van a creer! ¡Lo juro! He visto la más increíble…!

—¡Mira! Estábamos preocupados por ti. —dijo con alivio su hermano Ayo de diez años mientras la abrazaba y le pedía que nunca, ¡nunca más! hiciera lo mismo.

—No pescamos casi nada. Nos pasamos la mayor parte del tiempo buscándote —dijo Irano, el hermano mayor—. Nuestro padre no quiere que lleguemos a casa antes de la noche ¡y tú lo sabes!

—Lo siento —dijo Mira, mirando al suelo.

—El sol ya se está despidiendo —dijo Ayo—. ¡Andando!

Mira caminaba detrás de sus hermanos y nunca antes el camino le había parecido tan largo.

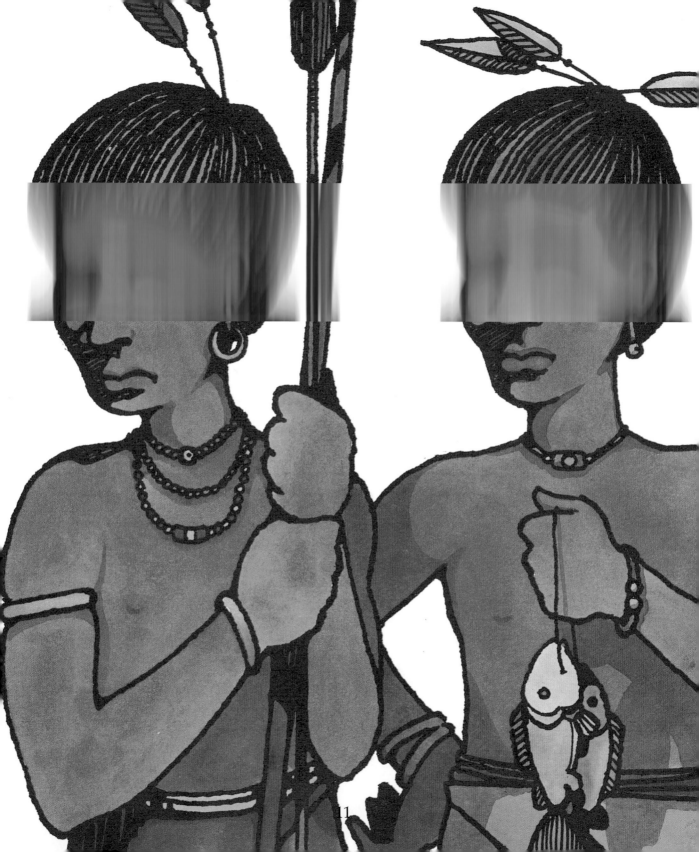

Cuando casi llegaban a la casa, Irano le habló a Mira.

—Tú le explicarás a papá por qué sólo trajimos dos pescaditos para la cena.

El padre los recibió con alegría.

—Hijos, les tengo una sorpresa. Se me hace la boca agua sólo de pensarlo.

Mira se sintió aliviada al ver a su padre de buen humor.
—Padre, no hemos pescado casi nada iy ha sido culpa mía!

—Mi mango dulce, mi hijita querida —dijo el padre al mismo tiempo que la levantaba y la besaba—, la cena de hoy va a ser deliciosa. Ya verás lo que encontré en el río.

El padre le dio una gran cesta a Irano y le pidió que la cuidara mientras él iba por deliciosos zapotes y por leña para un buen fuego.

—¡No abran la cesta, regreso enseguida! —dijo y se perdió entre los árboles.

os tres niños se inclinaron curiosos alrededor de la cesta. La cesta se sacudió. Los niños dieron un salto atrás. Se volvieron a acercar extrañados. La cesta se movió, con unos saltitos. Los niños la siguieron con asombro. De la cesta salió una voz ronca que cantaba:

¡Ju ga ga ju ga ga ju ju ju!
¡Ju ga ga ju ga ga ju ju ju!

Mira se quedó sin aliento. ¡Su amiga, Tortuga, iba a ser la cena de esa noche!

—¡Abramos la cesta! —dijo Mira acordándose de lo que Tortuga le había dicho cuando la dejó cerca del río. Pero Irano le dijo con voz firme.

¡Ju ga ga ju ga ga ju ju!
¡Ju ga ga ju ga ga ju ju!

—¡Es un mono aullador! —gritó Ayo.
A lo que Tortuga respondió.

      —¡Ju ju ga ga ju ju ga ga!
      Eso no es verdad.

Irano trataba de adivinar. ¿Será un pájaro de la palma *babassu*?

      —Ga ga ju ju ga ga ju ju,
      ¿qué sabes tú?

Tortuga no paraba de cantar. Los niños comenzaron a seguir el ritmo.
Irano se acercó a la cesta y le cantó:

      —Yo no puedo acertar; pero tú sabes cantar.

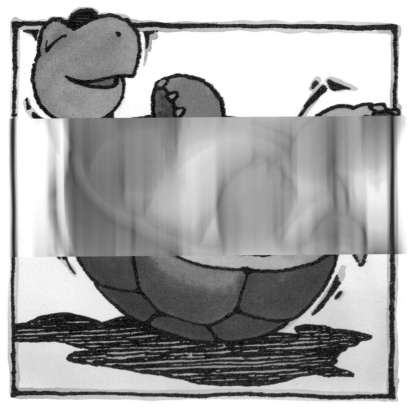

Tortuga siguió cantado.

> —Ju ju ga ga ju ju ji ji
> ¿Por qué no me dejas salir?
>
> Ju ju ga ga ju ju ji ji,
> Nos vamos a divertir.

Irano levantó la tapa de la cesta. Tortuga salió y comenzó a dar vueltas en su caparazón. Luego, bailando con torpeza dijo:

> —Ju ju ga ga ju ju je je
> ¡A bailar! Y yo les seguiré.

Primero, los niños siguieron el ritmo con los pies. "¡Ju ga ga ju ga ga ju ju ju!" Luego dieron palmadas y por último salieron de la casa cantando y bailando. Cuando se habían alejado un poco de la casa, Tortuga aprovechó la oportunidad y desapareció en la selva.

Irano notó que Tortuga ya no los seguía. "¿Dónde está Tortuga?" dijo parándose de pronto y tropezando con los demás.

Ayo, que no había parado de bailar, miraba a su hermano con preocupación.

—Padre se va a enojar. ¡Y además se va a quedar sin cena!

Irano se rascó la cabeza tratando de encontrar una solución.

—¿Pero dónde se puede haber metido?

—Yo sé lo que podemos hacer —dijo Mira. Y bajito, para que no la fueran a oír, le dijo su plan a sus hermanos.

—¡Está bien! —dijo Irano. Pero no se sentía seguro.

Tan rápido como pudieron, comenzaron a buscar debajo de los arbustos y a los lados del camino. Recolectaron semillas pururiki, frutillas rojas y tziba. Molieron las semillas y las frutas y las utilizaron para pintar una roca lisa y redonda. ¡Parecía el caparazón de una tortuga! Bueno, casi.

Pusieron la roca dentro de la cesta y se sentaron a esperar a su padre.

El sol ya no se veía detrás de los árboles cuando el padre regresó silbando. Le dio zapotes maduros a los niños, hizo una pila con la madera y le prendió fuego.

Saboreándose con sólo pensar en la deliciosa cena, dijo:

—Estoy impaciente por probarla.

—"Padre —le dijo Irano mientras le mostraba los pececitos—, ¿no prefieres comer pescado esta noche?

—No, no. Ustedes coman lo que quieran —se rió—. Así quedará más para mí.

Ensartó los pescados para ponerlos al fuego y se metió en la casa. Ya el cielo empezaba a cambiar de color.

Mira pelaba lentamente los zapotes, Irano molía el maíz casi sin fuerzas y Ayo oía a su padre ir de un lado para otro. Se estaba haciendo de noche.

¿Por qué se demoran tanto? ¡Yo me muero del hambre! Haciéndose el que iba a levantar la tapa de la cesta, el padre preguntó: —Irano, ¿adivinas qué tengo aquí?

—Un mono aullador —le respondió Irano nerviosamente.

—No es mala idea, pero esto es algo mucho mejor.

—¿Un pájaro? —preguntó Ayo ansioso—, ¿un gallo?

—Ayo, hijo, los gallos son deliciosos, pero nada es más delicioso que lo que tengo aquí. Abrió la cesta, puso la tortuga en el fuego y le dijo a sus hijos:

—¡Sabrán lo que digo cuando lo prueben!

Mira trató de mostrarse interesada. Todos se sentaron alrededor del fuego. La Luna salió para observar el humo que subía.

El padre entrecerró los ojos para mirar por entre el humo.

—Yo creo que estos pescados están listos. Los sacó del fuego, los dividió en tres y los repartió entre los niños. Estaba extrañado de que la tortuga se demorara tanto en cocinarse.

—La última vez que comí tortuga era más o menos de tu edad, Irano. Aún puedo recordar aquel dulce olor —se saboreaba y abanicaba el fuego.

—Padre, debe cocinarla un poquito más —dijo Mira.

—Ya debía de estar oliendo; pero no parece estar lista. ¡Y yo estoy más que listo para comérmela toda! —dijo el padre un poco impaciente.

—Ya comenzó a oler —dijo Mira.

—Yo también siento el olor, padre —agregó Ayo—, pero no me parece muy bueno. Quizá le haga daño comerla.

Y a era noche cerrada. El cielo estaba tan negro como el caparazón de la tortuga.

El padre decidió no esperar más. "¡La carne se va a achicharrar!" dijo. Sacó la tortuga del fuego y trató de partirla con una cuchara de madera. La cuchara se rompió. Luego, trató de darle una mordida y… ¡Ay! Sus dientes rechinaron contra la roca. "¡Esto está más duro que un pescado seco!" Por último, le pasó la lengua para probarla. "¡Qué asco! Nunca antes había probado una cosa más amarga." Y sin pensarlo, la lanzó lo más lejos que pudo.

Los niños aguantaron la risa y se cubrieron la cara con las manos.

—No pienso comer tortuga en largo rato —dijo el padre mientras tomaba agua para quitarse el horrible sabor.

—¿Puede ese rato ser tan largo como NUNCA? —le preguntó Mira.

—Yo creo que sí —dijo el padre con una mueca.

Los ojos de Mira se encontraron primero con los de Irano y luego con los de Ayo. Todos brillaban.

—Padre, mejor compartimos el pescado. Mira le dio un pedazo que le tenía separado.

—¡Gracias, Mira! Por lo menos no voy a dormir con el estómago vacío.

Ya habían terminado la escasa cena y descansaban en sus hamacas.

—No puedo creer que alguna vez me haya gustado comer algo tan desagradable. Buenas noches, hijos.

—Buenas noches, padre —dijeron los niños sonriendo en la oscuridad.

Ya casi se quedaban dormidos cuando oyeron un canto que llegaba desde los árboles de zapotes. Sonaba como los monos aulladores. Bueno, casi.

¡Ju ga ga ju ga ga ju ju ju!
¡Ju ga ga ju ga ga ju ju ju!

GLOSARIO

Awa: Árbol en lengua de los kulina

Ayo: Nombre masculino en lengua de los kulina

babassu: Tipo de palma que crece en Brasil

hani: Hormiga en lengua de los kulina

Irano: Nombre masculino en lengua de los kulina

Kulina: Tribu que habita cerca del río Juruá en el Amazonas, Brasil. Hablan una lengua Arawa y se llaman *Madija* a ellos mismos.

mango: Fruta tropical de pulpa amarilla y carnosa

Mira: Nombre femenino en lengua de los kulina

pururiki: Negro en lengua de los kulina

zapote: Fruta tropical, casi redonda, de cáscara de color pardo; es llamada de diferentes maneras en distintas regiones, por ejemplo: sapodilla, chico sapote, zapotillo y caimito.

tziba: Piedra en lengua de los kulina